Wilhelm Schmid

Über den kulturgeschichtlichen Zusammenhang und die Bedeutung der griechischen Renaissance in der Römerzeit : akademische Antrittsrede gehalten am 3. Februar 1898 in Tübingen

Wilhelm Schmid

Über den kulturgeschichtlichen Zusammenhang und die Bedeutung der griechischen Renaissance in der Römerzeit : akademische Antrittsrede gehalten am 3. Februar 1898 in Tübingen

ISBN/EAN: 9783742868855

Hergestellt in Europa, USA, Kanada, Australien, Japan

Cover: Foto ©Andreas Hilbeck / pixelio.de

Manufactured and distributed by brebook publishing software (www.brebook.com)

Wilhelm Schmid

Über den kulturgeschichtlichen Zusammenhang und die Bedeutung der griechischen Renaissance in der Römerzeit : akademische Antrittsrede gehalten am 3. Februar 1898 in Tübingen

ÜBER

DEN KULTURGESCHICHTLICHEN ZUSAMMENHANG
UND DIE BEDEUTUNG

DER

GRIECHISCHEN RENAISSANCE

IN DER RÖMERZEIT.

AKADEMISCHE ANTRITTSREDE

GEHALTEN

AM 3. FEBRUAR 1898 IN TÜBINGEN

VON

Dr. WILHELM SCHMID

A.O. PROFESSOR.

LEIPZIG,
DIETERICH'SCHE VERLAGS-BUCHHANDLUNG,
THEODOR WEICHER,
1898.

Die Periode der griechischen Kulturgeschichte, welche nach ihrem Zusammenhang und ihrer Bedeutung in diesem Vortrag erklärt werden soll, die Wiederbelebung der griechischen Kunst und Litteratur vom zweiten nachchristlichen Jahrhundert an, bildet kein bevorzugtes Gebiet der philologischen Forschung und des allgemeinen Interesses. Unter den zahlreichen Schriftstellern jener Renaissance ist Lucian der einzige, welcher der Weltlitteratur angehört und als Künstler mit lebendiger Kraft auf die Satirik des byzantinischen Mittelalters, der Humanistenzeit und des vorigen Jahrhunderts gewirkt hat. Die übrigen Redekünstler jener Zeit werden im allgemeinen nur noch als Sachquellen ausgenützt und desto weniger gelesen, je weniger geschichtliche Notizen sie enthalten. Der künstlerische Ruhm, nach dem sie alle in erster Linie strebten und der ihnen von Kennern bis in Scaligers Tage [1]) noch zugestanden wurde, ist jetzt verblasst, seit durch die geschichtliche Forschung der Sinn für den ästhetischen Wertunterschied zwischen Original und Nachbildung geschärft ist, und so hat sich auch die Wissenschaft neuerdings meist nur beiläufig mit diesem Zeitalter des matten Abglanzes beschäftigt.

Einer der besten Kenner der Epoche, der Dichter

und Philosoph Giacomo Leopardi, hat sich schon in früher Jugend umfangreiche Kollektaneen über den Gegenstand angelegt, aber eine Verarbeitung in grösserem Zusammenhang nicht unternommen[2]); Jakob Burckhardt weist in seinem Buch über Konstantin den Grossen[3]) kurz, aber bedeutungsvoll auf eine gerechtere Würdigung der neusophistischen Rhetorik hin. Der Erste aber, welcher den ganzen Zeitraum in helleres Licht gestellt hat, ist der allzufrüh dahingeschiedene grosse Meister der Forschung und der Darstellung, auf welchen als einen der ehemals Ihrigen auch unsere Universität stolz sein darf, Erwin Rohde. Indessen auch ihm war die Aufhellung jener Periode nicht Selbstzweck, sondern nur Mittel, um einen wesentlichen Bestandteil der geistigen Atmosphäre zu bestimmen, in welcher sich die spätere Form des griechischen Romans gebildet hat. Aber wer immer sich mit der Kultur dieser Spätzeit beschäftigt, wird von dem vollendeten Gemälde auszugehen haben, in welchem Rohde die Redekunst der griechischen Renaissance dargestellt hat[4]).

Der ziemlich allgemeinen Unterschätzung unserer Periode ist in neuster Zeit eine Ueberschätzung gegenübergetreten in der merkwürdigen Anschauung[5]), vom 2. Jahrhundert nach Christus an sei ein äusserst hoffnungsvoller neuer Frühling der griechisch-römischen Kultur zum Schaden der Menschheit durch das Christentum verkümmert und erdrückt worden.

Schon dieses Schwanken der Werturteile über die Renaissance des zweiten Jahrhunderts fordert zu einer genaueren Betrachtung der ganzen Erscheinung an und für sich heraus, noch mehr aber die Thatsache, dass es sich, abgesehen von aller ethischen oder ästhetischen Schätzung, hier um die letzte Lebensäusserung des national-griechischen Geistes handelt, welche mit zäher Kraft in den Prozess der Umwandlung der alten Zeit in die neue hineingewirkt hat.

Den Ursprung jener Nachblüte verdunkelt unser Hauptgewährsmann, Philostratus, mehr als er ihn aufklärt [6]), und so scheint sie unbegreiflich rasch und glänzend aus dem dürren Ast der damaligen griechischen Kultur hervorzubrechen.

Denn die beiden innerlich längst von einander getrennten Schauplätze griechischen Lebens, in Europa und Kleinasien, bieten im ersten Jahrhundert der Kaiserzeit das Bild grosser materieller und geistiger Verödung dar. An den Wunden, welche die mithridatischen und die Bürgerkriege geschlagen, liegt alles noch tief erschöpft darnieder. Die Armseligkeit und Entvölkerung des europäischen Griechenlands [7]) ist damals so gross gewesen, dass Kaiser Nero in der Rede, durch welche er die Provinz Achaia im Jahr 67 für frei erklärte, ihrer als einer notorischen Thatsache gedenken konnte [8]). In Kleinasien regt sich schon während dieses Zeitraums wieder mit dem Aufblühen neuen Wohlstands einiges künstlerische Leben [9]): die hier landesübliche Belustigung durch rednerische Deklamationen tritt wieder in ihre alten Rechte ein, und Redevirtuosen reissen das halborientalische Publikum durch ihre bald bombastischen, bald süsslich witzelnden Vorträge in dem sogenannten asianischen Stil zu lautem Beifall hin. Dieses Treiben bedeutet aber zunächst nur die Wiederherstellung normaler Zustände, nicht einen Anlauf zu neuer, höherer Kultur. Ganz anders stellt sich das Griechentum des zweiten nachchristlichen Jahrhunderts dar. Alles scheint nun plötzlich wie neu belebt. Das gespannte Interesse der Gebildeten des römischen Reiches wendet sich der Auferstehung der altgriechischen Kunst und Gesittung zu, welche von den Sophisten proklamiert und ins Werk gesetzt wird [10]. Der Name Sophist [11]), vor Zeiten während des Streites zwischen Philosophie und Rhetorik in beschimpfendem Sinn herüber- und hinübergeworfen und bei Philosophen noch im ersten Jahrhundert n. Chr. verrufen, ist jetzt ein Ehrentitel geworden, welchen ein hochangesehener Stand mit Stolz trägt. Der Sophist ist Fachmann nur in der Technik der rednerischen Form, vermöge welcher er jeden gemeinverständlichen Gegenstand auf die angemessenste Art auszudrücken sich erbietet. So ist er überall am Platz, wo es gilt zu reden. Am wenigsten wichtig ist ihm die Advokatenpraxis [12]); lieber widmet er sich der rednerischen Ausbildung der Jugend, zu welchem Zweck ihm vom römischen Staat wie von einzelnen Freistädten besoldete Lehrstühle gegründet sind; er lässt sich als Wortführer der griechischen Staaten in politischen Aufträgen verwenden; am liebsten aber zieht er als Apostel des Hellenismus durch die Städte des Römerreiches von Syrien bis Gallien und redet in attischer Sprache, wie vor fünf- und sechshundert Jahren die grossen Klassiker geredet hatten, von Griechenlands Glanzzeit, von Athen und Sparta und ihren Kämpfen, von Marathon und Salamis, von Demosthenes und Aeschines, oder er spannt die Aufmerksamkeit seiner Zuhörer durch Vorführung der verwickeltsten fingierten Prozessfälle. Die römischen Kaiser fördern die Sophistik auf das Eifrigste und nehmen sogar an ihren rhetorischen Studien thätigen Anteil [13]). Die römische Prosalitteratur des 2. Jahrhunderts wird weit überstrahlt durch den Glanz der griechischen, die sich in einer imponierenden Fülle von Werken verschiedensten Inhalts ausbreitet. Die Sophisten beschränken sich aber nicht auf ihre rednerische und schriftstellerische Thätigkeit, sondern fassen ihre Aufgabe auch praktisch in national-hellenischem Sinn. Wenn sie durch die Gunst des römischen Hofes zu hohen Aemtern, zu den Stellungen von Konsuln, Statthaltern, kaiserlichen Kanzlern emporsteigen oder in freundschaftliche Verhältnisse zu den Kaisern treten, so sind sie bemüht, ihren Einfluss zum Vorteil Griechenlands geltend zu machen [14]). In der Verwendung der reichen Geldmittel, die ihnen zufliessen, zur Hebung der Wohlfahrt und Schönheit griechischer Städte wetteifern sie mit den Kaisern [15]) und erwecken dadurch auch die bauende und bildende Kunst zu neuer grossartiger Thätigkeit, deren Zeugnisse noch an vielen Stellen des europäischen und asiatischen Griechenlands vor unseren Augen stehen, am meisten in Athen, welches durch die vereinten Bemühungen des Kaisers Hadrian und des Sophisten Herodes Atticus zu neuer Pracht und Grösse geführt worden ist [16]). Tempel, Säulenhallen, Gymnasien, Bäder, Wasserleitungen für das gemeine Wohl zu bauen gilt beinahe als eine stehende Aufgabe des Sophistenberufes. Im Zusammenhang mit dem Einfluss der Sophistik steht es auch, dass damals altgriechische Religionsübung [17]), dass die echtgriechische Kunst der Gymnastik zu neuem Leben erwacht, in einer Zeit, da von Osten her ein dichter Nebel von Superstition sich ausbreitete und von Westen her die blutigen römischen Gladiatorenspiele den griechischen Agon zu verdrängen begannen. Das Programm der Sophistik umfasst schliesslich eine Wiederherstellung altgriechischen Lebens in allen seinen Teilen, ausgenommen die politischen Verhältnisse, in deren damalige Ordnung sich die Schützlinge der römischen Kaiser ohne Widerrede fügten [18]). Eine Schilderung des sophistischen Ideals besitzen wir in der romanhaften Lebensbeschreibung des Apollonius von Tyana von Philostratus. Der Verfasser, im Anfang des 3. Jahrhunderts am Hofe der Severer lebend, steht mit voller Hingabe mitten in der sophistischen Renaissancebewegung, von welcher er uns in seinen Sophistenbiographieen ein flott gezeichnetes und an individuellen Zügen reiches Bild hinterlassen hat. Als er von der Kaiserin Iulia Domna, einer geborenen Syrerin, den Auftrag erhielt, das bis dahin nur in einer syrischen Legendentradition und einer wahrscheinlich neupythagoreïschen Bearbeitung vorliegende Leben des orientalischen Wundermanns Apollonius darzustellen, benützte er die Gelegenheit, diese dem europäischen Westen damals noch wenig bekannte Gestalt mit den Zügen des griechischen sophistischen Reformators auszustatten [19]). Dabei ist von dem „Magier" noch genug übrig geblieben. Wenn aber Philostratus den Apollonius für das reine Griechentum gegen den Barbarismus auf den Gebieten der Sprache, Sitte und Religion kämpfen und mit seinen Reformideen mutig vor den Thron des Kaisers treten lässt, so giebt er hier nicht Geschichte, sondern illustriert ein Ideal zu Nutz und Frommen seiner sophistischen Fachgenossen[20]), und dass dies Ideal nicht ein bloss erträumtes war, zeigt eben die Blüte des zweiten Jahrhunderts. Betrachtet man nun die eifrige Teilnahme, welche besonders der in allen Künsten dilettierende Kaiser Hadrian den Bestrebungen der Sophistik geschenkt hat, so könnte man meinen in dem raschen und glänzenden Aufschwung des 2. Jahrhunderts etwa eine durch kaiserliche Laune ins Leben gerufene Mode sehen zu dürfen, welche sich von Rom aus über das ganze Reich verbreitet habe. Dass der Kultus des Griechischen in Rom zeitenweise zur sinnlosen Mode entartet ist, ist gewiss[21]). Nicht minder gewiss ist aber, dass die Ausgeburt blosser Laune sich nicht, wie es bei der sophistischen Renaissance der Fall gewesen ist, im weitesten Bereich Jahrhunderte lang über die einschneidendsten Veränderungen der Verhältnisse hinüber hält. Auch lässt sich eine geistige Bewegung von solcher Stärke und Dauer weder durch staatliche Machtsprüche noch durch materielle Unterstützungen ins Leben rufen. Sie muss, zumal wenn sie nicht durch geniale Männer von hinreissender persönlicher oder schriftstellerischer Kraft geführt wird, innerlich begründet und von lange her vorbereitet sein.

In der That lernen wir denn auch aus genauer Prüfung der uns überlieferten Daten, dass diese Renaissance den Abschluss einer lange zuvor begonnenen Bewegung bildet, welche auf Wiederherstellung des altgriechischen Kunst- und Lebensideals gerichtet war, und in welcher die Redekunst die führende Rolle spielte. Die Redekunst — nicht ihre alte Feindin, die Philosophie, noch ihre Nebenbuhlerin, die Poësie. Die Philosophie konnte nicht an der Spitze einer national gerichteten Bewegung stehen: sie ist immer nur für wenige Auserkorene gewesen und, seit sie sich mit ethischen Fragen beschäftigte, mit einziger Ausnahme der aristotelischen, den künstlerischen, religiösen und sittlichen Idealen des griechischen Volkes kritisch gegenübergestanden. Dass auch die in der Kaiserzeit besonders verbreitete stoïsche Philosophie dieselbe Stellung einnimmt, darüber darf man sich nicht täuschen lassen durch die Verehrung des Homer bei den Stoïkern: haben sie doch durch die Kunstgriffe allegorischer Auslegung das ganze stoïsche Lehrsystem in das alte griechische Volksbuch hineingedeutet und so dessen richtige Auffassung völlig verbaut.

Der Poësie ist ihr altes Vorrecht, Sprecherin und zugleich Lehrerin des griechischen Volkes zu sein und seine Feste zu verherrlichen, von der Rhetorik bestritten worden, seit Künstler der Prosarede die Mittel dichterischer Sinnfälligkeit, Bilder, Figuren, Rhythmen und Klangwirkungen in Gebrauch genommen und eine Art von poëtischer Prosa geschaffen hatten [22]. Vollends seit in der alexandrinischen Epoche die Poësie einen ausgesprochen gelehrten Charakter angenommen hatte, Hof- und Luxuskunst geworden war, verlor sie den Zusammenhang mit dem Volk.

So ist es schliesslich der Redner, welcher als Lehrer der Jugend, Sachwalter, Politiker und Panegyriker allein noch in beständiger Fühlung mit dem allezeit hörlustigen Volk bleibt und berufen ist, da, wo er allein noch geduldet wird, in den Freistädten, Bewahrer und Fürsprecher nationaler Kulturtraditionen zu sein. Aus der Geschichte der Redekunst vorzüglich ist also jene Entwicklung abzulesen, welche zu der Renaissance des zweiten Jahrhunderts geführt hat, in ihr ist der Punkt zu suchen, von welchem an eine Hinwendung zum altnationalen Geschmack sich geltend macht als Ausdruck der Verurteilung herrschender Kunstrichtungen, als Ausdruck der Reaktion griechischen Sinnes gegen ungriechisches Wesen [23]).

Anlass zu solcher Reaktion war reichlich vorhanden, seit mit der gewaltigen Ausdehnung der hellenischen Kultur über den durch Alexanders Schwert erschlossenen Osten zugleich ihre innere Zersetzung begonnen hatte. Orientalen nahmen griechische Sprache und Lebensart an, ohne doch ihr Wesen aufzugeben, während die unter Orientalen wohnenden Griechen sich orientalischem Wesen leicht anbequemen mochten [24]). Die reinsten Quellen altgriechischer Gesittung im hellenischen Mutterland wurden mit dem politischen und wirtschaftlichen Niedergang des europäischen Griechenlands immer mehr verschüttet, und in Alexandria, wohin die geistige Leitung der Griechenwelt von Athen aus übergegangen ist, hat sich eine Kunst ausgebildet, welche ihrem Wesen nach altgriechischer Eigenart fremd ist: ihre besten und echtesten Leistungen sind niedliche, teils derb realistische, teils sentimentale Genrestücke, in welchen der Mythus, das Lebenselement der alten griechischen Kunst, entweder überhaupt nicht mehr oder doch nur soweit als er Gelegenheit zu genrehafter Ausgestaltung bietet, herangezogen wird [25]). Eben hier in Alexandria ist dem Griechentum auch ein sehr gefährlicher Rivale erwachsen in dem hellenisierten Judentum. Denn viel bedenklicher als die einzelnen blutigen Ausbrüche des nationaljüdischen Griechenhasses in Palästina [26]) waren die systematischen und keineswegs erfolglosen Bemühungen der jüdischen „Wissenschaft" in Alexandria, vermittelst der frivolsten Geschichtsfälschungen die Griechen um ihren politischen und kulturellen Vorrang [27]) im Osten zu betrügen.

Auch die Redekunst, welche in Alexandria keine Pflegestätte fand [28]), hat ihr Wesen geändert, seit sie aus Athen in die Städte Kleinasiens gewandert ist. Wohl rühmten sich die asiatischen Redner ihrer Anknüpfung an die attische Beredsamkeit, aber sie haben die gewaltige Leidenschaft des Demosthenes und die schlichte Feinheit des Lysias zu einem entweder schwülstigen oder überzierlichen Barock verunstaltet und eine orientalische, zwischen Aufregung und Süsslichkeit hintaumelnde Kunst in griechischem Gewande geschaffen.

Diesem asiatischen Redestil gelten nun die ersten Proteste zu Gunsten des klassisch-nationalen Geschmacks, welche sich vereinzelt im 2. Jahrhundert vor Chr. vernehmen lassen [29]). Sie verdichten sich bald zu einer schulmässigen Richtung auf den Klassizismus hin: man vergleicht die attischen Prosaïker unter sich nach ihrem ästhetischen Wert, klassifiziert sie nach Stilarten und bezeichnet stilistische Vorbilder unter ihnen [30]). Den frühesten Sitz dieser Richtung gestattet uns unsere Ueberlieferung nicht mit vollkommener Sicherheit zu bestimmen. Man hat an Pergamon gedacht, wo allerdings die Siege des ersten Attalus über Galater und Syrer als nationalgriechische Grossthaten gefeiert wurden und Anlass zu einer Wiederherstellung nationalen Kunstsinns hätten werden können. Aber von einer pergamenischen Rednerschule wissen wir nichts, und die pergamenischen Bildwerke mit ihrem ernsten Pathos weisen eher auf einen Gegensatz gegen alexandrinische Zierlichkeit als gegen asianische Aufregung hin [31]), sind auch keineswegs Werke einer Renaissancekunst [32]), sondern schreiten in einer von der spätattischen Plastik eingeschlagenen Richtung weiter fort [33]).

Es ist also doch wahrscheinlicher, dass die schulmässige Reaktion des griechischen Geschmacks gegen den Orientalismus da ihren ersten Sitz gehabt habe, wo sie uns zuerst wirklich bezeugt ist, auf der Insel Rhodos [34]). Rhodos ist unter allen griechischen Freistaaten der Diadochen- und Römerzeit weitaus der respektabelste, bestverwaltete und wohlhabendste gewesen [35]). Noch in der Kaiserzeit rühmt ein glaubwürdiger Redner die Rhodier wegen ihrer feinen, echt griechischen Sitten und macht ihnen das ernstgemeinte Kompliment, sie allein seien des Hellenennamens noch würdig [36]). Um das Jahr 100 v. Chr. ist Rhodos ein blühender Studiensitz gewesen: Philosophie, Rhetorik, Grammatik, Malerei, Architektur und Plastik waren durch hervorragende Männer vertreten, von denen einige sich auf mehreren Gebieten zugleich auszeichneten[37]). Rhodos ist vielleicht der einzige Ort in damaliger Zeit, wo noch Tragödien des Sophokles aufgeführt wurden[39]). Auf engem Raum befruchteten sich hier, zum Teil im Kampf mit einander[39]), Kunst und Wissenschaft, und die verschiedenen Künste unter sich[40]). In diesem ernsthaften, soliden und geistig belebten Gemeinwesen mochte der Ueberdruss an dem asiatischen Bombast zuerst in weiteren Kreisen der Gebildeten Wurzel fassen und der Sinn für die gesunde Nüchternheit der nationalen klassischen Kunst sich Bahn brechen. Nüchternheit und Mässigung ist es denn auch, was die rhodische Rednerschule vor allen Dingen anstrebt. Ihre beiden Häupter, Apollonius und Molon, von welchen der letztere bezeichnenderweise die früheste uns bekannte antisemitische Schrift geschrieben hat[41]), sind Schüler des berühmten asianischen Redners Menekles und haben vielleicht ihre neue Geschmacksrichtung erst während ihrer Lehrthätigkeit auf Rhodos und durch dieselbe gewonnen. Nicht den von den Asianern missbrauchten[42]) Demosthenes empfehlen sie dem Redner als Vorbild, sondern den ruhigeren und leichter zu erreichenden, aber auch unbedeutenden Hypereides[43]). Uebrigens wollten diese Männer ihr Stilideal noch nicht als Gegensatz gegen den Asianismus, sondern erst als Abdämpfung asianischer Uebertreibung[44]) verstanden wissen; was sie freilich mit ihren Grundsätzen in der Redekunst selbst leisteten, wird als schwächlich und schwunglos geschildert[45]).

Es ist also immerhin ein recht zaghafter Versuch, griechischen Geschmack aus der orientalischen Umschlingung zu retten, der hier gemacht wurde. Er wäre vermutlich auf griechischem Boden ohne erhebliche Folgen geblieben, wenn er nicht von aussen her auf das Nachdrücklichste aufgenommen und fortgeführt worden wäre. Es ist hier der erste Fall, dass Rom bestimmend in die griechische Kultur eingreift und eine seiner weltgeschichtlichen Aufgaben anfasst, das Unsterbliche des Hellenismus zu erhalten⁴⁶). Um die Wende des zweiten und ersten Jahrhunderts haben eine grosse Anzahl vornehmer junger Römer ihre Studien in Rhodos gemacht; wir kennen deren zwölf mit Namen, unter ihnen Cäsar und Cicero⁴⁷). Neben der Philosophie des Rhodiers Poseidonios hat namentlich die rhodische Rhetorik auf die Römer gewirkt: die zwei ältesten rhetorischen Lehrbücher der römischen Litteratur reproduzieren grossenteils, was in Rhodos gelehrt wurde. In Rom erst ist der von den Rhodiern schüchtern angedeutete Geschmacksgegensatz zu voller Schärfe herausgearbeitet und der Kampf um den „gesunden" Stil ausgefochten worden. Ein Kreis von jungen Männern, unter ihnen der Cäsarmörder Brutus, hat sich hier gebildet, um dasjenige Ideal rednerischen Stils scharf zu formulieren, welches der herben Art des stoïsierenden römischen Republikanismus am meisten zusagte. Nicht Abdämpfung des Asianismus wurde hier verlangt, sondern energische Abwendung von ihm und Rückkehr zur altattischen Strenge, Nüchternheit und Knappheit des Ausdrucks, für welche man in Lysias und Thukydides die richtigen Vorbilder fand. Diese extremsten Vertreter des Klassizismus nannten sich Attiker und ärgerten den Cicero, indem sie ihn seiner rednerischen Fülle wegen unter die Asianer rechneten; ihre eigenen rednerischen

Leistungen verrieten aber, dass ihre Stärke mehr in der Kritik als in der Produktion lag, und der klassische Geschmack wäre ohne Ciceros reichströmendes Talent in Rom nicht zur Herrschaft gekommen. Cicero hat den Klassizismus nach zwei Seiten hin verfochten: gegen die asianische Kunst, welche in seinem Rivalen Hortensius einen bedeutenden Vertreter hatte, und gegen die alexandrinische [48]), welche von einer Anzahl hochbegabter junger Dichter gepflegt wurde. Der angeborene Sinn des Römers für das Tüchtige in jeder Art hat den Cicero zu der richtigen Würdigung der attischen Klassiker geführt; aber er war zu sehr Künstler, um nicht zu erkennen, dass mit der doktrinären Rigorosität der Ultra-Attiker nichts Lebensfähiges geleistet werden könne. Er suchte sich sein Vorbild nicht unter den ersten Schöpfern der attischen Prosa, sondern rang um die Palme mit ihrem rednerischen Vollender, Demosthenes. So hat er aus eigener Kraft den Römern eine Litteratur im klassischen Geschmack geschaffen, welche zwar weder in ihrer Art und Stimmung den römischen Nationalcharakter ausdrückt, noch dem Gehalt und der Formvollendung nach die klassischen Werke der Griechen erreicht, aber doch das Höchste darstellt, was von dem hellenisierten Römertum in der Kunst der Prosarede geleistet worden ist. Aus Ciceros Kreis ist dem Klassizismus auch eine nicht gering zu veranschlagende äussere Förderung zugekommen, indem Ciceros Freund, der Buchhändler Atticus [49]), von den attischen Prosaïkern, welche halbvergessen in den Bibliotheken der Diadochenzeit gelegen hatten, schöne neue Ausgaben herstellen liess.

Dass der Sieg des Klassizismus ein Werk Roms sei, ist mit Begeisterung anerkannt worden von Dionysius von Halikarnass[50]), welcher vom Jahr 30 bis 8 vor Chr. in Rom lebte und zu den griechischen Redelehrern gehört, welche die neue Errungenschaft für die griechische Litteratur auszubeuten sich bemühten. Alle derartigen Bemühungen der Griechen haben von nun an einen festen Rückhalt in Rom. Die Römer gaben ihren griechischen Zeitgenossen damals deutlich zu verstehen, dass sie ihnen nur um ihrer grossen Vergangenheit willen wert seien[51]), und spornten dadurch den Eifer der Griechen, etwas dieser Vergangenheit Würdiges und Aehnliches zu leisten, auf das Nachdrücklichste an. Die Griechen stellten sich nun ernstlich die Aufgabe, eine neue Prosalitteratur zu schaffen, und ein bedeutender Teil der griechischen Bücher, welche sich auf dieses Problem beziehen, ist Römern gewidmet[52]).

Die Lösung der Aufgabe auf griechischer Seite wurde methodischer Weise begonnen mit einer litterarischen Polemik gegen den Asianismus und umfassenden grammatischen, lexikalischen, philologisch-kritischen und ästhetischen Arbeiten über die attische Prosalitteratur. Das Meiste haben hier Dionysius selbst und sein Freund, der Sizilianer Cäcilius geleistet. Nachdem die attischen Prosaïker philologisch wieder erschlossen waren, trat die Frage in den Vordergrund: wie soll man sie erreichen? Die Antwort ist: durch schulmässige Nachahmung[53]). Aber wie soll man nachahmen? Soll man sich, wie Apollodoros von Pergamon, Kaiser Augustus' Lehrer, meint, peinlich genau an die rednerischen Formen halten, wie sie in den klassischen Prosaïkern vorliegen? oder soll man dem Lehrer des Tiberius, Theodoros von Gadara, folgen, welcher grössere Freiheit erlaubt? Auch Dionysius ist gegen peinlich-pedantische Nachahmung: man soll sich in den Geist der Alten einleben, die unglaubliche Feinheit und Bewusstheit ihres künstlerischen Arbeitens bis in die kleinsten Einzelheiten hinein wieder verstehen und würdigen lernen und es dann ebenso machen wie sie [54]). Das waren gewiss gute und wohlgemeinte Ratschläge. Aber einen Punkt hatten sich diese Theoretiker doch nicht genügend klar gemacht: dass nämlich bei einem echten Kunstwerk Geist, Form und Stoff eine unauflösliche Einheit sind, dass von diesen Elementen keines geändert werden kann, ohne dass die übrigen darunter leiden. Man kann nicht eine Broncestatue in Kalktuff nachbilden, ohne dass etwas ganz Anderes aus ihr wird. Ein wesentlicher Bestandteil der attischen Kunstrede ist aber die attische Sprache, welche im Lauf eines Jahrhunderts von Künstlern der Rede zum feinsten, klangreichsten Instrument ausgebildet worden ist, auf welchem der menschliche Geist je gespielt hat. Diese Sprache war den damaligen Griechen längst abhanden gekommen; diejenige, welche die Gebildeten unter ihnen sprachen und schrieben, war ja wohl vor Jahrhunderten aus der attischen Litteratursprache hervorgegangen; sie hatte aber mittlerweile nicht der Kunst, sondern dem Geschäftsverkehr und wissenschaftlichen Gebrauch gedient und war in den Kanzleien und Gelehrtenstuben schwerfällig, trocken, formelhaft und tonlos geworden, und daran wurde nichts geändert, wenn man sie für den litterarischen Gebrauch mit einigen pretiösen Floskeln verbrämte [55]). Wohlklang und Rhythmus fehlen ihr, sie hat sich zu weit von der Poësie entfernt, urteilt Dionysius [56]).

Dem Zweck der Verständigung genügte diese Sprache vollkommen. Wollte man aber wieder eine schwungfähige Kunstprosa haben, so gab es nur zwei Wege: entweder ein genialer Künstler musste das Volgare jener Zeit durch Verwendung in neuen Schöpfungen von überragender künstlerischer Bedeutung adeln, oder man musste die alte attische Sprache wieder zur Litteratursprache machen.

Der geniale Künstler ist den Griechen nicht erschienen [57]). Am wenigsten war es Dionysius selbst, der mit seiner künstlerisch und historiographisch tiefstehenden römischen Urgeschichte keinen guten Anfang in der neuen Richtung gemacht hat. Dies buntscheckige und dabei doch steife Sprach- und Stilgemenge, welches ein Kompromiss zwischen dem Klassischen und Modernen darstellen sollte, konnte nicht das Kunstwerk der Zukunft sein [58]).

Aber auch weiterhin will es nicht gelingen, und gegen Ende des ersten Jahrhunderts der Kaiserzeit werden von mehreren Seiten [59]) betrübte Reflexionen darüber laut, woher der Zerfall der Beredsamkeit komme, ob von dem Untergang der politischen Freiheit oder von dem zunehmenden Materialismus der Zeit; ja sogar die Frage tritt auf, ob eine Wiederherstellung der alten glanzvollen Beredsamkeit überhaupt möglich oder auch nur wünschenswert sei [60]). Wenn der Verfasser der Schrift vom Erhabenen der Ansicht ist, durch mächtige Begeisterung, aus den Werken der Klassiker zu schöpfen, müsste das Wunder der neuen Kunst im alten Geist vollbracht werden, so zweifelt er offenbar, ob das Ziel auf rationalem Weg erreichbar sei [61]).

Aber das Wunder ist nicht geschehen, und je mehr die Aussicht schwand, aus der klassischen Kunst nur den Antrieb zu neuen, eigenartigen Leistungen zu entnehmen, desto mehr musste sich das Streben auf Wiedergewinnung der alten Kunstformen in peinlich genauer Nachahmung richten, desto einseitiger die Sprachfrage in den Vordergrund treten und zu der mechanischsten Lösung drängen: zu vollständiger Wiederaufnahme der altattischen Litteratursprache.

Es ist wohl nicht bloss die Folge der Lückenhaftigkeit unserer Ueberlieferung, dass sich um die Mitte des ersten Jahrhunderts n. Chr. die Renaissancebewegung besonders auf griechischem Gebiet unseren Augen fast völlig entzieht; vielmehr scheint sie damals wirklich in ein gewisses Stocken geraten zu sein, da man eben in der Richtung, in welcher Dionysius zu gehen versuchte, das Ziel nicht fand und die Misslichkeit eines anderen Ausweges sich nicht verbarg. Selbst in Athen soll damals der Asianismus eingezogen sein [62]). Er allein übte das Recht des Lebenden, und von dem Zustandekommen eines Kompromisses mit ihm hing die Zukunft der klassizistischen Bestrebungen ab. In Rom hat der Klassizismus damals starke Einbusse erlitten: in den römischen Deklamatorenschulen machte sich aufs Neue das asianische Barock geltend, dessen starke Wirkungen dem Geschmack der namentlich in Cäsars Gefolge zu massgebenden Stellungen gelangten und vom Klassizismus gelangweilten Décadents zusagen mochten. Vom Asianismus stammt denn auch der neue, pikante Stil, dessen erster Vertreter der Philosoph Seneca ist. Gleichwohl ist in den höchsten Kreisen Roms der Sinn für den Klassizismus auch über diese Zeit hinüber erhalten geblieben. Tacitus zwar, der in seiner Jugend Klassizist gewesen war [63]), ist später zu Senecas Stil abgefallen, aber Quintilian, der Prinzenerzieher am Hofe Domitians, und der jüngere Plinius, der Freund des Traian, haben zeitlebens das ciceronische Ideal hochgehalten.

Dass aber auch von den Griechen während dieser Zeit im Sinn der Renaissance weitergearbeitet worden ist, zeigt uns zuerst wieder am Ende dieses Zeitraums der Redner Dio Chrysostomus, welcher durch seine Leistungen den Beweis für die Möglichkeit der gesuchten klassizistischen Kunstprosa endlich bis zu einem gewissen Grad erbracht hat. Man bemerkt an ihm einen zwiefachen Fortschritt: fürs Erste fasst er die ganze Reformbewegung tiefer, nicht nur in ästhetischem, sondern auch in sittlichem Sinn und trägt sie durch seine rednerische Wirksamkeit in vielen Städten in weitere Kreise des griechischen Volkes hinaus; ferner ist er gegen die Lösung des sprachlichen Problems hin erheblich weiter vorgerückt, indem er sich mehr als irgend jemand vor ihm den besonderen Formen der altattischen Litteratursprache genähert hat [64]), ohne doch schon völlig zum attischen Purismus überzugehen [65]).

Dio ist — und daraus erklärt sich auch das Vorwiegen ethischer Interessen bei ihm — der erste Mann

von tieferer philosophischer Bildung, welcher sich in die
Renaissancebewegung eingelassen hat. Er liess sich gern
einen Philosophen nennen, ist aber, wie ihn Philostratus
richtig fasst, seiner rednerischen Thätigkeit und seinen
stilistischen Prätensionen nach immer ein halber Sophist
geblieben. In seinen jungen Jahren reiner Sophist, hat
er sich später der stoïschen Philosophie zugewandt, aber
nicht ihrer schulmässig abgeschlossenen, sondern ihrer
propagandistischen Richtung, der cynischen. Er ist in
der Bettelmönchstracht der Cyniker predigend umherge-
zogen und hat in der Form der cynischen Diatribe zum
Volk gesprochen. Doch ist er auch nicht Cyniker im
vollen Sinn gewesen, verhält sich vielmehr zu den reinen
Cynikern ähnlich wie die Neuhumanisten zu Rousseau.
Wenn die Cyniker der verirrten Menschheit die Rückkehr
zu einem utopischen Urzustand der Natürlichkeit und
Vernunft predigten und von keinerlei nationaler Be-
schränkung des sittlichen Ideals etwas wissen wollten,
so fand er jenen paradiesischen Zustand im Wesentlichen
verwirklicht in der geschichtlichen Erscheinung von Griechenlands Blütezeit. Er wird nicht müde, seinen Hö-
rern Bilder aus Altgriechenland zur Erbauung vorzu-
halten, und ein Hauptsatz seiner Predigten ist: „werdet
wieder wie die alten Griechen!" [66]). Er ist vollkommener
Romantiker: jene altgriechische Vergangenheit allein ist
ihm gross, die Gegenwart klein und unbedeutend. Sach-
lich will er in seinen Reden gar nichts Neues bringen,
sondern nur die Lehren der alten Dichter und Weisen
immer und immer wieder in Erinnerung rufen. Auch
der weitgehende Gebrauch der altattischen Sprache ist

bei ihm ein Stück Romantik: er lebt und webt in Platon, Antisthenes, Xenophon und Demosthenes und redet in ihrer Ausdrucksweise, während er die unmännliche Haltungslosigkeit der asianischen Sophistik verabscheut. Da er mit den Kaisern Nerva und Traian eng befreundet war, so ist sehr wahrscheinlich, dass er auch für den griechischen Klassizismus am Kaiserhof Stimmung gemacht und die Kaiser mit zu der entgegenkommenden Haltung bestimmt hat, durch welche der Glanz der Renaissance des zweiten Jahrhunderts erst ganz möglich geworden ist [67]).

Wiewohl nun der von Dio angeschlagene ethische Ton [68]) auch späterhin nicht ganz verklungen ist, so hat Dio doch zunächst auf die Renaissancebewegung lediglich als Künstler gewirkt. Er hat freilich nicht allen genug gethan: den strengsten Puristen war er noch nicht attisch genug [69]), den Asianern war er zu gelehrt [70]), den Philosophen zu poëtisch-sinnfällig [71]); aber, was die Hauptsache war, seine Reden lebten und machten Eindruck in weiten Kreisen [72]). Ein erfolgreicher Redner, und doch' kein Asianer, ein attikisierender Redner und doch kein pedantischer Purist war für jene Zeit etwas Unerhörtes und hätte wohl den Anstoss zu einer neuen lebensfähigen Stilrichtung geben können. Aber feineres Stilgefühl vermisste an ihm nicht ohne Grund die Haltung [73]), und so haben ihn die Späteren nur als Klassiker der „einfachen" Stilart neben Xenophon, Platon, Nikostratos und Philostratus anerkannt.

Neben diesem einfachen Stil aber, welcher dem entspricht, was die Techniker Ethos nennen, und volkstümlicher Sprech- und Anschauungsweise in angemessenen Grenzen zugänglich ist [74], suchte man nun auch noch nach dem hohen, ernsten Stil, dem Ausdruck des Pathos. Auch er ist eine Generation nach Dio gefunden: für ihn stellte man die Forderung, vor welcher Dionysius noch eine unverhohlene Scheu gehabt hatte, dass er sich streng in den Sprach- und Stilformen der attischen Klassiker bewege [75]). Auch die asianischen Redner unterwerfen sich von nun an der Zucht der atticistischen Grammatik und benützen die üppig emporschiessende Litteratur attischer Lexika und Stilbücher zur Reinigung ihrer Sprache [76]). Zweifellos ist mit dieser Feststellung der Litteratursprache die künstlerische Sicherheit gewonnen worden, welche sich in dem überlegenen Selbstgefühl der Sophisten wiederspiegelt, aber zugleich nahm auch die bisher einzig noch volkstümlich gewesene Kunst der Rede vollends eine gelehrte Richtung an [77]), verzichtete auf Massenwirkung, zerschnitt ein nicht unwichtiges Band zwischen der griechischen Geistesaristokratie und dem Volk und gab so die breiteren Schichten des Volkes beliebigen anderen Einflüssen preis. Um so festeren Fuss fasste sie in den höher gebildeten Kreisen.

Dieser Erfolg wird zumeist dem Herodes Atticus verdankt, welcher Athen wieder zu einem Mittelpunkt rhetorischer Studien gemacht hat und, als Lehrer fast aller bedeutenden Sophisten des zweiten Jahrhunderts, der Gesetzgeber der neuen Sophistik geworden ist. Den Geist des Asianismus, welcher die lebendige Kunstrede beherrschte, konnte und wollte er nicht bannen: in Inprovisationen, in Reden von besonders erregter Leidenschaft, wie den sogenannten Monodien [78]) blieb der asianische Stil und die Lässigkeit der Sprache unverkümmert [79]). Aber der Sophist musste von jetzt an, daneben und hauptsächlich, auch noch sorgfältig nach attischem Muster und in attischer Sprache gefasste Werke ausarbeiten können, die ihm dauernden schriftstellerischen Ruhm, nicht bloss augenblicklichen Beifall erwerben konnten [80]). Rasch ist die neue Errungenschaft der Sophistik Gemeingut der ganzen gebildeten Welt geworden. Und hier hat wiederum Rom mächtig fördernd eingegriffen. Seit Kaiser Vespasian hatte die römische Regierung begonnen, das höhere Bildungswesen im Reich zu verstaatlichen. Nicht als ob nicht immer ein grosser Teil der Unterrichtskurse Privatunternehmung geblieben wäre; aber die vom Reich angestellten Lehrer geben selbstverständlich von nun an hinsichtlich der Lehrgegenstände, Methoden und Ziele den Ton an. Dieses Unterrichtssystem wurde das Mittel, unter allen Gebildeten des Reiches eine Bildungseinheit herzustellen, beziehungsweise zu erhalten, eine Weltkultur zu begründen, welche beruhte auf einem Schatz von Vorstellungen und Kenntnissen, die alle Gebildeten des Reiches bei einander voraussetzen konnten, und auf einer Norm formeller Vollendung, die sie alle anerkannten. Diese Weltkultur konnte keine andere sein als die, welcher die Römer sich selbst und mittelbar den ganzen romanisierten Westen unterworfen hatten, die griechische, nunmehr schärfer bestimmt: die griechische der Zeit grösster Reife und Formsicherheit. Zu Vermittlern der einheitlichen klassizistischen Kultur im Jugendunterricht wurden zunächst vom römischen Staat die Sophisten bestellt [81]); erst unter Antoninus Pius sind die wegen ihrer politischen Haltung am Flavierhof [82]) verdächtig gewesenen Philosophen [83], noch später die Vertreter einzelner Fachwissenschaften [84]) in das staatliche Unterrichtssystem einbezogen worden. Für ein unerlässliches Erfordernis höherer Bildung galt nur der grammatisch-sophistische Unterricht [85]), welcher im Lesen, Interpretieren und Nachahmen einer Auswahl aus den griechischen, im Westen auch aus den römischen Klassikern bestand.

Diese neue Stellung der Sophisten im staatlichen Unterrichtswesen erklärt schliesslich doch erst ganz das so ausserordentlich rasche und äusserlich prächtige Aufblühen der von ihnen geleiteten Renaissance.

Gross ist der Stolz der Sophisten auf ihre Leistungen; keiner von ihnen verrät mehr eine Spur von jenem schmerzlichen Epigonengefühl, das besonders bei Dio noch so oft hervorbricht [86]).

Was nun freilich die Sophistik thatsächlich erreicht hat, bleibt weit zurück hinter dem grossartigen Aufschwung selbständiger künstlerischer und wissenschaftlicher Kraft, welchen die Renaissance des 15. Jahrhunderts angeregt hat. Originales Leben kann eben eine Renaissance nur dann erwecken, wenn in der zu einer vergangenen Kultur sich zurückwendenden Gegenwart die geistigen Kräfte noch wirklich vorhanden sind, welche die Kultur dieser Vergangenheit hervorgetrieben haben, und es sich nur darum handelt, dass der innere Gestaltungstrieb der Gegenwart Vorbilder des Formens in der Vergangenheit finde. So war es in der Humanistenzeit:

die Renaissance des 15. Jahrhunderts bildet einen Anfang künstlerischer und wissenschaftlicher Blüte, die des zweiten Jahrhunderts einen Abschluss: in jener haben frische Nationen ihre verhältnismässig noch rohe, aber nach Entwicklung drängende geistige Kraft geübt an den Werken der ausgereiften antiken Kunst; die Griechen der Römerzeit aber wären aus eigener Kraft zu einem Aufschwung auf die Höhen ihrer klassischen Vergangenheit gar nicht mehr fähig gewesen. Rom hat sie gestützt und getragen, und was schliesslich erreicht wurde, war nicht der Geist, sondern nur die Form der alten Zeit. Dem Geist nach sind die Sophisten Asianer gewesen und geblieben; der Klassizismus war ihnen eine Maske, in welcher sie sich, je nach schauspielerischer Begabung, mit mehr oder weniger Anmut oder Würde zu bewegen wissen [87]. Ein Funke altgriechischen Geistes lebt zwar noch in dieser Lust des Formens, aber den kraftvollen Lebensinhalt findet die Form nicht mehr, ja sie sucht ihn nicht einmal mehr [88].

So kümmerlich nun dieser Ausgang der ganzen Bewegung auch erscheinen mag im Verhältnis zu dem, was eigentlich erstrebt worden war, so gebietet doch die Kraft der klassizistischen Idee, welche den soeben zu neuen Orgien wilder Masslosigkeit erwachten Asianismus wenigstens teilweise in ihre Bahnen zwang, Achtung, und die Bedeutung des Erreichten für die damalige Zeit darf keineswegs unterschätzt werden. Eine kurze Ueberschau über das von der Sophistik im Einzelnen Geleistete mag das noch veranschaulichen.

Zunächst haben die Sophisten, fussend auf den empirischen Beobachtungen der Grammatiker, der griechischen Litteratur wieder eine Sprache gegeben, die nun bis in das byzantinische Mittelalter die Norm sprachlicher Reinheit und Schönheit gebildet hat und durch ihre syntaktische Schärfe und Feinheit immerhin eine heilsame Zucht der Gedanken ausübte wenigstens an den Schriftstellern einer Zeit, die wichtige syntaktische Formen zu verlieren im Begriff stand [89]).

In dieser Sprache haben sie eine umfangreiche Prosalitteratur geschaffen, in welcher sie ihre attischen Studienfrüchte verarbeiteten. Neu in die Litteratur eingeführt haben sie nur die Schuldeklamation, dergleichen früher wenigstens nicht herausgegeben worden war [90]). Im Uebrigen schreiben sie Dialoge, Briefe, politische oder Festreden, Geschichtswerke, erzählende Unterhaltungslitteratur, popularphilosophische Abhandlungen, alles nach klassischen Mustern. Meist sind uns die stilistischen Originalien dieser Werke erhalten, so dass die Nachbildungen für uns künstlerisch wenig Interesse haben. Doch kommt es auch vor, dass uns nur noch die freilich wohl immer stark stilisirten Nachbildungen eine Vorstellung von den verlorenen Urbildern geben müssen, wie dies bei Lucians und Iulians menippischen Satiren und bei Dios Diatriben der Fall ist — beide sind uns wichtige Quellen für die Erkenntnis des älteren cynischen Stils [91]).

Neue künstlerische Wirkungen erreichen die Sophisten, soweit sie solche überhaupt erstreben, nur durch mosaïkartige Verbindung sprachlicher und stilistischer Formen, welche in der klassischen Zeit getrennt vorkommen. Glücklich ist hier besonders Lucian [92]), sehr unglücklich, gleichwohl aber von der Zunft hochgefeiert, Aelian [93]).

Was nun aber den Inhalt betrifft, so steht der Schwall klassischer Zierformen nirgends im richtigen Verhältnis zu dem kulturgeschichtlichen Gehalt, den, wie billig, auch diese Litteratur einschliesst. Besonders in den Geschichtswerken sophistischer Schule droht das Phrasenwerk Stoff und Gedanken zu ersticken. Dass wir über die sehr ereignisreiche Geschichte des zweiten Jahrhunderts so dürftig unterrichtet sind, ist die Folge der Schönrednerei der Sophisten, die zudem meistens zu vornehm waren, sich auf die ihnen unrühmlich dünkende Gegenwart einzulassen und besonders römische Geschichte und Kultur auf eine schnöde Weise zu ignorieren liebten. Hier tritt übrigens deutlich etwas von dem nationalen Zug hervor, welcher in der Renaissancebewegung von Anfang an vorhanden war und der sich nun, aller römischen Protektion zum Trotz, in einer offenen Antipathie gegen das Römertum [94]) äussert. Die Bewunderung für die Kraft und Bildungsfähigkeit der Römer weicht bei den Griechen mehr und mehr einem tiefen Widerwillen gegen die innere Roheit und Masslosigkeit dieser Emporkömmlinge. Ohne Zweifel ist die ganze Physiognomie des Römertums auch sehr viel plumper geworden, seit im ersten Jahrhundert der Kaiserzeit unter den Trägern der alten, feineren Kultur, den altrepublikanischen Adelsfamilien, furchtbar aufgeräumt worden war, und das Ueberlegenheitsgefühl der Griechen war damals berechtigter als in den Tagen des Polybius und der Scipionen.

Auch in der Wahl und Behandlung der rednerischen

und schriftstellerischen Gegenstände drückt sich oft ein nationales Bestreben aus: in diesem Sinn sind nicht nur die Redethemen aus der altgriechischen Geschichte, sondern auch Schriften wie Lucians Anacharsis, Toxaris, Arrians Alexanderzug, des Pausanias Beschreibung von Griechenland, des Aristides platonische Reden [95]), des Philostratus Heroïcus und Gymnasticus zu verstehen.

Die Anfangs berührte Wiedereinführung altgriechischer Sitten und Gebräuche durch den Einfluss der Sophistik hat offenbar tiefere Wirkung auf das Volksleben nicht ausgeübt. Es kamen allenfalls Liebhabereien und Spielereien zustande, welche wieder verschwunden sind, lange bevor die eigentliche Lebenskraft dieser Renaissance erloschen war [96]).

Wissenschaftliche Anregung ist von der Sophistik, welche von Anfang an mit der zünftigen Philosophie in gespanntem Verhältnis stand, keine ausgegangen. Am wenigsten hat sie, die doch den Thukydides so viel im Munde führte, die geschichtliche Kritik gefördert. Die Zurückwendung der Philosophie zur Lehre der alten Schulhäupter hat mit der künstlerischen Renaissancebewegung nichts zu thun; sie ist das Ergebnis eines dialektischen Prozesses, einer Rückströmung gegen den aus den Schulkämpfen der hellenistischen Zeit hervorgegangenen verschwommenen Eklekticismus. Nicht einmal in ihrem eigentlichen Fachgebiet, der rednerischen Technik, hat die Sophistik mehr geleistet als eine nicht einmal gute Kompilation älterer Theorieen, welche uns in den zu kanonischer Geltung gelangten Schriften des Hermogenes vorliegt. Neu ist hier nur eines: die pünktliche Verzeichnung und Anordnung der aus der Analyse der Klassiker gewonnenen einzelnen stilistischen Mittel, welche der Redner braucht, um diese oder jene Stilform nachzubilden [97]). Dass etwa jemand sich von diesen Rezepten losmachen und seinen eigenen Stil schreiben könnte, gilt mehr und mehr für ausgeschlossen und ist thatsächlich seit dem Ende des zweiten Jahrhunderts nicht mehr vorgekommen.

Dem entsprechend äussert sich der Einfluss der sophistischen Kultur auch in der bildenden Kunst. Wenn der klassische Künstler durch liebevolles und scharfsichtiges Natur-Studium sich der Gesetze der organischen Erscheinung bemächtigt hatte und aus ihnen heraus darzustellen vermochte, was die Natur vielleicht nicht geschaffen hat, aber hätte schaffen können, so schiebt sich nun zwischen den Künstler und die Natur als undurchdringliche Scheidewand die alte klassische Kunst selbst, die, vom Verständnis der Natur abgelöst, auch ihrerseits nicht mehr richtig verstanden wird. So verflacht sich — nach dem letzten Versuch einen Idealtypus auf Natur zu formen, der in der Bildung des Antinous gemacht wurde — die Idealplastik zu einer schwächlichen, klassisch sein sollenden Eleganz.

Von einer Entwicklung der sophistischen Kunst ist nichts zu bemerken: im hohen Stil gleichen sich Aristides aus dem zweiten, Libanius aus dem vierten, Choricius aus dem sechsten Jahrhundert wie ein Ei dem andern, und dass der einfache Stil nicht minder stabil geblieben ist, wird man am deutlichsten gewahr an der Schwierigkeit, die ohne Daten überlieferten Romanschriftsteller bestimmten Jahrhunderten zuzuweisen. Nur darin zeigt sich der Wechsel der Zeiten, dass an die Stelle der in den ersten zwei Jahrhunderten n. Chr. doch noch nicht ausgestorbenen natürlichen Anmut des einfachen Stils ein wahres Schellengeläute von überlaut klingendem Figurenwerk tritt, dass manche Formen dieses Stils eingehen oder veröden [98]) und dafür die grosse Paraderede in ihrer feierlichen Langweiligkeit sich breiter macht.

So findet man vom zweiten Jahrhundert an überall Stabilität und Nachahmung. Nachahmung, selbst mechanische Nachahmung der klassischen Formen wäre nun an sich nicht tadelnswert. Keine Renaissance kann ohne sie bestehen, und sie hat thatsächlich ihren Nutzen: sie ist ein Experiment auf die Lebensfähigkeit des romantischen Ideals in der Gegenwart, auf die künstlerische Kraft seiner Verehrer, und in jedem Fall führt sie zu teilweiser oder vollständiger Wiedergewinnung einer verlorenen Technik und zu tieferem Einleben in den Geist der alten Zeiten. Aber das allerdings fordert man mit Recht, dass die Nachahmung blosses Durchgangsstadium sei zu selbständigen Leistungen, und zu solchen hat es die Sophistik bei allem Fleiss nicht gebracht.

Und doch hat sie in Schule und Litteratur in der Hauptsache ihre gebietende Stellung vierhundert Jahre lang, bis zum Ende des Altertums, behauptet. Wenn sie in dieser langen Zeit nichts Originales geschaffen hat, so ist klar, dass die von ihr beherrschte Kultur trotz alles äusseren Glanzes in der Kaiserzeit vollkommen ausgelebt war und von einer Erdrückung lebensfähiger Keime durch das Christentum keine Rede sein kann.

Das aristokratisch-exklusive Prinzip, auf welchem die ganze antike Kultur beruht, war einer gründlichen Lösung der sozialen und sittlichen Aufgaben eines Weltreichs auf die Dauer nicht gewachsen. Die lange versäumte, von Cynikern und Mystikern mit ungenügenden Mitteln in Angriff genommene Riesenarbeit einer Durchbildung der Massen ist nun ernstlich und erfolgreich unternommen worden durch das Christentum.

Zu dieser neuen Arbeit bedurfte es neuer Kräfte, neuer Hoffnungen. Die Sophistik aber und die von ihr verbreitete Kultur blickt fest und unverwandt in die Vergangenheit, auf das klassische Ideal zurück. Eben darin beruht ihre kulturgeschichtliche Bedeutung: nicht nach dem äusseren Glanz, den sie verbreitet hat, nicht nach ihren phrasenreichen und gedankenarmen Reden und litterarischen Werken muss man sie schätzen, sondern nach der Art, wie sie das ihr vom römischen Staat übertragene Amt verwaltet hat. Ihre Aufgabe war nicht, neue Ideen und Formen zu finden, sondern den von Römern und Griechen in seinem unvergänglichen Wert wiedererkannten Schatz der klassischen Litteratur von Generation zu Generation weiter zu überliefern, den geistigen Zusammenhang mit dem Höchsten, was das Altertum geleistet hat, zu wahren, ein Niveau der Kultur so gut als möglich zu erhalten, unter welches man tief herunterzusinken in Gefahr stand. Dieser Aufgabe hat sich die Sophistik vollkommen gewachsen gezeigt: in der stillen, erhaltenden Arbeit der Schule liegt ihre Grösse, und hier ist sie dem Humanismus ebenbürtig. Die sophistische Bildung hat den höheren Kreisen der alten Welt griechische Gesundheit, Natürlichkeit, Nüchternheit des Denkens und Empfindens, griechische Klarheit und Schönheit des Formens nach Kräften vermittelt bis ans Ende des Altertums. Das war kein kleines Verdienst in einer Zeit, da die vernachlässigten unteren Schichten des Volkes immer tiefer in die wirren Träume abenteuerlichen Wahnglaubens versanken und sogar die Philosophie sich mit Zauberkünsten abzugeben anfing. Was uns noch von der klassischen Litteratur der Griechen geblieben ist, verdanken wir fast ausschliesslich[99]) der Organisation des sophistischen Bildungswesens, welches nach Gegenständen und Methoden unverändert in das christlich-byzantinische Mittelalter hinübergenommen und in der Humanistenzeit erneuert worden ist. Man mag es wohl in einzelnen Fällen bedauern, dass bei der Auswahl der Werke, die wir noch haben, allzu einseitig der pädagogische Gesichtspunkt massgebend war. Aber doch wird schwerlich jemand beklagen, dass uns statt des Siebengestirns der alexandrinischen Tragödie das attische Dreigestirn, statt Menander Aristophanes, statt Ephoros und Theopomp Herodot und Thukydides, statt Hegesias und Charisios die zehn attischen Redner gerettet sind.

Das Christentum hat dem sophistischen Schulbetrieb keinen Eintrag gethan. Ihren Methoden und Zielen nach stehen freilich die beiden Reformbewegungen, die christliche und die griechische, in schroffem Gegensatz zu einander: diese setzt bei der Aristokratie des Geistes mitten im Bereich der griechischen Kultur ein und sucht das Heil in einer Umkehr zu der geschichtlich dagewesenen Erscheinungsform ästhetischer Ideale in ihrer spezifisch griechisch-nationalen Einschränkung; jene ergreift von der Peripherie des griechischen Kulturkreises aus die untersten Schichten der Bevölkerung und begeistert sie zur Verwirklichung eines sittlichen Ideals, für dessen Erreichbarkeit keine frühere Epoche der Geschichte Bürgschaft leistete und welches keinerlei nationale Einengung zuliess. So sehr sich nun aber die Sophistik mit dem antiken Heidentum solidarisch gefühlt, so sehr sie an Iulians Restaurationsversuch Anteil gehabt und dem rasch vorüberrauschenden Erfolg des „abtrünnigen" Kaisers zugejubelt hat, so hat doch das Christentum nicht umhin gekonnt, bei der Sophistik in die Lehre zu gehen. Selbst ein Eiferer wie Tertullian[100]) anerkennt die Unerlässlichkeit der heidnischen Bildung, die grossen Prediger des vierten Jahrhunderts Basilius, Gregor von Nazianz und Johannes Chrysostomus, sind Sophistenschüler gewesen, und Hüterin der letzten Reste klassischer Litteratur im 5. und 6. Jahrhundert war eine christliche Sophistenschule in Gaza.

Solche Verbindung heterogener Elemente ist nur möglich gewesen durch den Formalismus des sophistischen Unterrichts, bei dem es nicht sowohl auf Wissen als auf Verstehen und Redenkönnen ankam. Diese materielle Indifferenz bei hervorragender geistbildender Kraft hat hier segensreich gewirkt: über die Kluft zwischen Heidentum und Christentum hinüber ist doch die Kultureinheit der alten Welt erhalten geblieben, und so wunderlich sich die göttlich schlichten Lehren der Bergpredigt in dem vornehmen Faltenwurf klassischer Formen ausnehmen mögen [101]), so war es in den Zeiten des untergehenden Altertums doch gewiss ein Glück, dass die in der Kirche zur Herrschaft gelangte Form des Christentums sich an die rationalen Mächte der griechischen Sophistik und Philosophie, nicht an mystische Schwarmgeisterei angeschlossen hat. Dazu wäre es aber nicht gekommen ohne die Renaissance des zweiten Jahrhunderts, in welcher das Altertum sein bestes Besitztum wieder erkannt, gesammelt, verwahrt und seine Weiterleitung auf die Nachwelt geordnet hat.

Noch wir stehen im Genuss dieser Erbschaft, freuen uns ihrer und widmen uns noch immer dem oft genug undankbaren Geschäft, sie nicht nur dem engen Kreis der Fachgelehrten, sondern allen denen unmittelbar zugänglich zu machen, welche zu Leitern der Nation an irgend einer Stelle berufen sind. Wir thun das, sofern wir überzeugt sind, dass die klassischen Werke der griechischen Litteratur und Kunst, wie sie denn in heissem Kampf gegen orientalische Ueberflutung geschaffen sind, für unabsehbare Zeiten als Wahrzeichen und Orientierungsmittel abendländischer Kultur werden dienen können, dass sie allein ein ethisch und ästhetisch vollkommen neutrales Gebiet bilden, auf welchem sich Bekenner der verschiedenen religiösen, nationalen und künstlerischen Anschauungen zusammenfinden können, und dass es insbesondere der mit überlegener geschichtlicher Einsicht ausgleichenden Stellung Deutschlands einzig würdig sei, ein so unersetzliches Mittel geistiger Einigung, wie es die gemeinsame Kenntnis der ersten Quellen europäischer

Kultur für die Gebildeten Europas ist[102]), nicht preiszugeben an die Fanatiker aller Art, die angeblich im Namen der Nation, der Religion, der Wissenschaft oder des gemeinen Nutzens dagegen Sturm laufen und geschäftig sind, zahllose Surrogate anzupreisen. Weichen wir, so werden die anderen Nationen nachfolgen, jede wird ihren eigenen Weg gehen, und grosse Zersplitterung wird das Ende sein. Vorläufig darf man aber an die Thatsache kraftvollen Emporblühens der griechischen Studien in allen europäischen Ländern die Hoffnung knüpfen, dass der uns von der griechischen Renaissance hinterlassene Schatz künftighin noch gründlicher als bisher auch für den höheren Unterricht werde ausgewertet werden.

Uns, die wir mit Bewusstsein Neues und Eigenes wollen und können, sind ja die klassischen Werke der Griechen nicht mehr Gegenstand schülerhafter Nachahmung, geschweige denn Quellen aller Weisheit. Ihre Bedeutung für uns liegt anderswo: unter völlig anderen Voraussetzungen als unsere Kultur entstanden, fordern sie jedes Zeitalter, jede Nation zum Wettkampf heraus, sich zu messen mit ihrer unverwelklichen Jugendkraft und Schönheit; so senken sie ein Element heilsamer, fördernder Kritik in jede Gegenwart, welche sie versteht und sich ihrer erinnert; vergisst man sie aber, macht sich der engherzige und kurzsichtige Eigen-Sinn breit, für welchen die Alten den Namen Banausentum geprägt haben, schwindet das Verständnis für das gesunde Ebenmass zwischen Sinnlichkeit und Geistigkeit, versteigt sich ein unhistorischer Rationalismus in unfruchtbare Spekulationen oder umnebeln phantastische Träume das Bewusstsein der Menschheit, so treten jene Werke von Zeit zu Zeit wieder hervor als befreiende Mächte und beschämen ein befangenes Zeitalter durch das reine Licht edler und doch natürlicher Menschlichkeit.

Auf Anregung von befreundeter Seite habe ich mich entschlossen, die vorstehende Skizze, erweitert durch einige Zusätze, die ich, mit Rücksicht auf die verfügbare Zeit, beim mündlichen Vortrag nur ungern wegliess, in den Druck zu geben und begleite sie mit einer Anzahl von Anmerkungen. Vor der Drucklegung hatte ich eben noch Zeit, das neue Buch von Ed. Norden, die antike Kunstprosa (Leipzig 1898) durchzusehen und mich zu überzeugen, dass mir diese wohl an schätzenswerten Einzelbeobachtungen, nicht aber an durchgreifenden neuen Anschauungen über das griechische Altertum reiche Arbeit zu einer Modifikation meiner Auffassung nirgends Veranlassung gebe.

1) Scaligers Urteil über des Aristides Leuctrici s. Vf. Atticism. II, 16, 33; das des Casaubon über Ar. als Redner überhaupt bei Fabricius, Bibl. Gr. IV (1723), 375.

2) Leopardi, opere inedite ed. Cugnoni I.

3) Jak. Burckhardt, die Zeit Constantins d. Gr. 1. Aufl. (1853) 318.

4) E. Rohde, griech. Roman 288 ff.

5) Fr. Nietzsche, Antichrist (1895) 305 ff.

6) Atticism. I, 27 ff.

7) Mommsen, Röm. Gesch. V, 245 f.

8) Bulletin de corresp. hellén. XII (1888) p. 512 Z. 17 ff.

9) Ueber das Wiederaufblühen der kleinasiatischen Städte c. 50 n. Chr. s. Liermann, Ber. des freien deutschen Hochstifts N. F. VIII, 364 ff. 390; Mommsen l. c. V, 329.

10) Friedländer, Darstell. aus der Sittengesch. III[6], 466 ff.

11) Seine Meinung, als ob der Name Sophist „mit den alten Sophisten erloschen" sei und erst bei Dio Chrys. wieder auftauche, widerlegt Bernhardy, Grundriss der griech. Litt. I[5], 641 selbst durch die von ihm citierte Strabostelle. Dass der Sophistenname

als Standesbezeichnung immerfort geblieben ist und seit Epikur vorwiegend für den Rhetor gebraucht wird, zeigt die Stellensammlung von C. Brandstätter, Leipz. Stud. XV, 204 ff. Dem philosophischen Zeitalter der Diadochen, in welchem die Rhetorik zurückgetreten, teils ganz veräusserlicht (Asianismus), teils in die philosophische Dialektik (Hermagoras) hereingezogen worden war, folgte ein neues Erstarken der Rhetorik seit dem 1. Jahrh. n. Chr. Dass nunmehr der Sophistenname wieder mehr zu Ehren kommt, liegt eben daran, dass die Rhetorik im Kaiserreich wieder leitende Kulturmacht wird. Ihres Gegensatzes zur Philosophie ist sich die Sophistik immer bewusst geblieben (s. ausser den Stellen des Dio Chr. bei Brandstätter p. 237 Plut. de rect. rat. aud. p. 48 D, wo der σοφιστική καὶ ἱστορικὴ ἕξις die ἐνδιάθετος καὶ φιλόσοφος entgegengesetzt wird; im Anfang von Augustus' Regierung fand eine Disputation περὶ σοφιστικῆς zwischen Potamon, Antipatros und Theodoros von Gadara statt: Cichorius, Rom und Mytilene 62 f.). Entgangen ist, soviel ich sehe, Brandstätter die Definition Cic. acad. II, 72 'sic (nämlich sophistae) appellabantur ei, qui ostentationis aut quaestus (vgl. A. Bonhöffer, die Ethik des Stoïkers Epiktet 234; D. Chr. LIV, 2) causa philosophabantur'. Wenn aber die Sophisten auf ihren Namen auch noch so stolz waren (Attic. IV, 228; Liban. T. III, 127, 1; 160, 10 R.; Aristid. XLVI p. 407 f. Dind.), so blieb doch immer auch die üble Nebenbedeutung bestehen (noch Procop. ep. 6. 69) und wurde das Wort gelegentlich (Philod. π. ποιήμ. fr. 57, 3 Hausrath; Philostr. vit. Ap. VII, 16; sogar Dio Chr. X, 26; Diog. Laert. I prooem. 12; Plut. Mor. 709 B; 710 B βαθυπώγων σοφ. ἀπὸ τῆς στοᾶς) im Sinn von „Philosoph" gebraucht. Aristides, der Erneuerer der isokratischen „φιλοσοφία", kämpft gegen Philosophen (XLV—XLVII) und Sophisten (LI; ῥῆσις κατὰ τῶν σοφιστῶν XXVII, 542; s. a. XLIX, 533).

12) Atticism. IV, 540 f. A. 89; auch Dio Chr. (VII, 123; XXII, 1) sieht auf die Advokaten herunter, hat aber doch gelegentlich (XLIII, 6) auch vor Gericht geredet und rechtfertigt sich offenbar LXXX, 3 ff. darüber, dass er nicht advokatische Praxis treibt; ähnlich denkt Libanios T. III, 441, 23 ff. 450 R.; Himer. or. XI, 2; eine interessante Parallele für das analoge Verhältnis zwischen Humanisten und Juristen bei Max Herrmann, Albr. v. Eyb 133 ff. Unter ῥήτωρ versteht man in der Regel den Advokaten (so noch Procop. Gaz. ep. 72, in einer Zeit, wo sonst der Advokat σχολαστικός genannt wird: Waddington zu Le Bas Voy. archéol. III, 594. 1913. 2485; vgl. Procop. ep. 67. 71; Aen. Gaz. ep. 7. 22), unter σοφιστής den „akademischen" Redner (so Kuhn, städt. u.

bürgerl. Verfassung I, 90 ff.; Mitteis, Reichsrecht u. Volksrecht 192); am genauesten scheidet der diokletianische Tarif (Inscr. Graec. sept. 22, 19): σοφιστής, ῥήτωρ, δικολόγος.

13) Atticism. I, 212, 31; Rohde, griech. Roman 291.

14) D. Chr. XL, 10; XLIV, 11; XLV, 3. 7. 10; Philostr. vit. Soph. p. 87, 10 ff. Kayser.

15) Atticism. IV, 574; Dio Chr. XL, 3 ff.; XLV, 12 f.; XLVI, 9; XLVII, 12 ff.; Liban. I p. 3 R; gegen das Prunken der Sophisten mit ihrer Liberalität richtet sich wohl Epict. enchir. 24.

16) E. Curtius, Stadtgeschichte von Athen 265 ff.

17) Atticism. IV. 571 ff. Hieher zu ziehen ist wohl auch die in sophistischer Zeit viel verhandelte Frage über das Recht der Pantomimik, gegen welche, allemnach in national-griechischem Sinn, sich eine uns verlorene Rede des Aristides richtete (Liban. or. LXIII); in Schutz genommen wurde diese Kunst besonders von Syrern, in deren Vaterland sie (Libanios T. III, 350, 5) blühte (so [Lucian.] de salt., Liban. l. c., Choricius Apolog. mimor.).

18) Atticism. IV, 566 ff.

19) Neue Jahrbb. f. Philol. 1896, 94 f.

20) Atticism. IV, 567 f.

21) Luc. de merc. cond. 35; s. die Proteste des Juvenal Sat. III, 60 ff. 100; VI, 185 ff.; XI, 100. 148; O. Jahn zu Pers. sat. VI, 37 ff.

22) S. jetzt die Zusammenstellungen bei Norden, die antike Kunstprosa I, 30 ff. 78, wo aber, so viel ich sehe, der Hinweis darauf fehlt, dass diese poëtische Prosa die Poësie selbst mit Bewusstsein zu verdrängen sich bemühte (Br. Keil, Analecta Isocr. 3 ff.; für die spätere Zeit s. bes. Aristid. or. VIII p. 80 ff.; die klägliche Rolle des dichtenden Grammatikers bei Luc. conviv.; Eunap. vit. soph. p. 92 Boiss.; Choric. Rhein. Mus. XXXVII, 484; Ammian. Marc. XXI, 16, 4).

23) Ausdrücklich formuliert ist der Geschmacksgegensatz als ein nationaler zunächst in den auf sprachliche Dinge beschränkten, seit Aristoteles gebräuchlichen Korrelatbegriffen βαρβαρισμός und ἑλληνισμός (in der Zeit nach Dionys. Hal. auf ἀττικισμός eingeschränkt). Aber auch von barbarischem Stil haben, so selten in unserer Litteratur davon die Rede ist, die griechischen Künstler selbstverständlich einen Begriff gehabt: Ueberladung mit unorganischem Zierrat, Massigkeit (zu dem Tempel von βαρβαρικὸν εἶδος bei Platon Critias 116 D bietet Strabo p. 806 in der Schilderung des Tempels von Heliopolis die erwünschte nähere Erklärung: er zeige οὐδὲν χαρίεν οὐδὲ γραφικόν, ἀλλὰ ματαιοπονίαν;

vgl. auch Charito V, 5), Sinnlichkeit (Dio Chr. XXI, 4. 16), in der Redekunst Masslosigkeit der Bilder ([DH.] art. rhet. XI, 4 findet sehr richtig bei Plat. Tim. 22 B mit dem Tropus μάθημα οὐδὲν ἔχετε χρόνῳ πολιόν den barbarischen Sprecher charakterisiert; demnach wäre dem Plato der Stil der alttestamentlichen Propheten jedenfalls auch sehr barbarisch vorgekommen) galt für barbarisch. Den barbarischen Charakter der asianischen Rhetorik betont Dionys. Hal. de ant. orat. 1 extr. (gegen das Καρικὸν κακόν scheint sich Dionys. Hal. der Jüngere bei E. Schwabe Ael. Dionysii et Pausaniae fragm. p. 83 zu verwahren); Quintil. XII, 10, 17. — Ueber den Gegensatz der sophistischen Renaissance gegen den philosophischen Kosmopolitismus s. u. A. 95.

24) Rohde, Psyche II², 343, 1; bezeichnend ist die grosse Zahl von hellenisierten Orientalen oder orientalischen Hellenen, welche in der Philosophie der Diadochenzeit hervorragen, auch die Leichtigkeit, mit welcher die Orientalen ihre Namen hellenisieren (Rud. Herzog, Philol. LVI, 36 ff.).

25) Einiges bei Gercke, Pauly-Wissowas Realenc. I, 1401; K. O. Müller, Proleg. zu einer wiss. Mythol. 91 f.

26) Mahaffy, the Greek world under Roman sway 44 ff.

27) Dass die Kulturfrage hier wesentlich mitspielte, sieht man aus dem derben Ausfall des Molon (bei Joseph. c. Ap. II, 148), der sagte ἀφυεστάτους εἶναι τῶν βαρβάρων (die Juden) καὶ διὰ τοῦτο μηδὲν εἰς τὸν βίον εὕρημα συμβεβλῆσθαι μόνους.

28) Menand. de encom. p. 360, 23 Sp.; Eunap. vit. soph. p. 92 Boiss. von den Aegyptern: τὸ δὲ ἔθνος ἐπὶ ποιητικῇ μὲν μαίνονται, ὁ δὲ σπουδαῖος Ἑρμῆς αὐτῶν ἀποκεχώρηκεν; noch Theodor. Metochita (A. Mai, Veter. script. nova coll. II, 684 ff.) konstatiert die Rauheit der rhetorischen Leistungen der Aegypter im Gegensatz zu der Eleganz der in Syrien und Phönike gebildeten Asiaten und Ionier; im 4./5. Jahrh. hat freilich auch Alexandria seine Rhetoren: Marin. vit. Procli 8. 9. S. a. N. Jahrbb. 145, 695 ff.

29) Atticism. IV, 728.

30) Rhein. Mus. XLIX, 141 f.

31) Norden, ant. Kunstpr. I, 150, wo freilich nicht an Alexandria als Sitz einer klassizistisch-reaktionären Richtung des Redestils gedacht werden durfte.

32) Gegen Brzoskas Vermutungen s. die archäologischen Einwendungen von H. Fränkel, Jahrb. d. arch. Inst. V, 50 ff.

33) Trendelenburg in Baumeisters Denkmälern des klass. Altert. II, 1241.

34) Dies ist mit Recht betont von Fr. Marx, Incerti auctoris de rat. dic. lib. praef. p. 157 ff.

35) Mahaffy l. c. 236 ff.; Mommsen, Röm. Gesch. V, 247 ff. Ueber die Aufwendungen der Rhodier für ihr Unterrichtswesen Polyb. XXXI, 25.

36) Atticism. I, 74, 4.

37) Marx l. l. 159.

38) Kaibel, Herm. XXIII, 268; Inscr. Graec. insul. maris Aeg. Nr. 125.

39) Die Frage, ob die Rhetorik eine Kunst sei, wurde hier verhandelt (Philod. rhet. I, 89 Sudh.); Poseidonios, dessen Stil annähernd asianisch gewesen sein muss (s. die Zeugnisse bei Martini in den philol.-histor. Beitr. für C. Wachsmuth 155 f.), hielt vor Pompeius einen Vortrag gegen die (noch von Dio Chr. XXII, 2 f. festgehaltenen) philosophischen Prätensionen der hermagoreïschen Rhetorik (Plut. Pomp. 42). Weder Molon (Schol. Aristoph. nub. 144; Diog. Laërt. III, 34) noch Apollonios (Cic. de or. I, 75) waren Freunde der Philosophie.

40) Auch hier kann also jene mit Vergleichung der verschiedenen Künste arbeitende Aesthetik gewachsen sein, deren Spuren J. Brzoska, de canone X oratorum p. 81 ff. zusammenstellt.

41) Joseph. contr. Ap. II, 145 ff.

42) Die Bewunderung für Demosthenes, die von Kleochares von Myrleia und Kineas bezeugt ist (Blass, die griech. Bereds. v. Alex. bis Aug. 34. 36), darf jedenfalls kein Grund sein, die beiden nicht als Asianer zu betrachten; s. a. Rhein. Mus. XLIX, 142.

43) Atticism. II, 10, 28; Brzoska l. l. 38. 41.

44) Thiele, Hermagoras 188, wo aber allerlei Zweifelhaftes beigemischt wird.

45) Dion. Hal. de Din. 8; Quint. XII, 10, 18.

46) Wäre der äusserlich hellenisierte Orientale Mithridates Sieger geblieben, so wäre die Orientalisierung des Hellenismus und der Welt entschieden gewesen.

47) Marx l. l. 157; dass dazu auch der Dichter Lucrez (Inschr. v. Oinoanda Bull. de corr. hell. XXI, 372 t. 26 b, 8) gehöre, ist nach den Ausführungen von A. Körte, Rhein. Mus. LIII, 160 ff. nicht anzunehmen.

48) J. Kubik, Dissertat. philol. Vindob. I, 243 f. Der Gegensatz gegen den Alexandrinismus ist auch π. ὕψ. 33, 4 ausgedrückt; vgl. auch π. ὕψ. 35, 4 mit Callimach. hymn. II. 108 ff. In eine analoge antialexandrinische Bewegung auf dem Gebiet der Poësie

eröffnet Hor. ep. 1, 19 (wozu vgl. Dilthey de Callimachi Cyd.
16) eine Perspektive.
49) Usener, Nachrichten der Göttinger Ges. d. Wiss. 1892, 197.
50) de ant. or. 3.
51) Ciceros Urteile über die zeitgenössischen Griechen sammelt Mahaffy l. l. 131 ff.
52) Den Nachweisungen Atticism. I, 212, 31 ist, ausser den bekannten Widmungen des Dion. Hal. an Rufus Metilius, Ael. Tubero, Ammäus, Cn. Pompeius, die Widmung der Schrift π. ὕψ. an Postumius Terentianus, von Hermog. de inv. an Marcus Iulius (de inv. p. 201, 18 Sp.) beizufügen.
53) Auf Nachahmung wurde schon lange vor DH. hingewiesen, ob freilich von Hermagoras schon, wie Usener (DH. de imitat. libror. rel. 1 f.) aus Rhet. ad Herenn. I, 2, 3 schliessen zu dürfen glaubt, ist zweifelhaft, jedenfalls von den Rhodiern (Theo prog. p. 61, 30 Sp.); aber DH. scheint die erste systematische Schrift über Methode der Nachahmung geschrieben zu haben.
54) Atticism. I, 14 ff. Aehnlich dachten die Humanisten, Petrarca, Angelo Poliziano (K. v. Raumer, Gesch. der Pädagogik I², 23, 1. 46), Erasmus (J. Kämmel, Gesch. des deutschen Schulwesens 358), Heimburg (M. Herrmann, A. v. Eyb 135) über die Nachahmung. Gegen die Möglichkeit der Nachahmung Syrian. VII, 92 Walz (= Joh. Sicel. VI, 71 W.); skeptisch schon [Apoll. Tyan.] ep. 19.
55) N. Jahrbb. 145, 698; F. Krebs, Präpositionsadverbien I, 45.
56) de comp. verb. bes. cap. 3. 4. 25; π. ὕψ. 14, 3.
57) Weiter ausgeführt Atticism. IV, 729 ff.
58) Ein ähnliches Gemische stellt die Sprache des Philon, Josephus und Plutarch dar, welche durch genauere Untersuchung noch scharf gegen die κοινή des Polybius und den vorgeschrittenen Atticismus des Dio Chrys. abgegrenzt werden muss.
59) π. ὕψους, Tac. dial., Seneca ep. 114; die verlorene Schrift des Quintilian de causis corruptae eloquentiae.
60) Tac. dial.
61) Das Verhältnis des Verfassers von π. ὕψ. zu den Methodikern nach Cäcilius' Art hat einige Aehnlichkeit mit dem zwischen den Schweizern und Gottsched. Der Gefahr des Mechanismus auf dem von DH. und Cäcilius eingeschlagenen Weg war sich der Verf. von π. ὕψ. offenbar bewusst.
62) Petron. sat. 2.
63) Nordens Versuch (ant. Kunstpr. I, 322 ff.), den Dial. herunterzudatieren, halte ich für misslungen: nicht bloss des Stils

wegen muss er eine Jugendschrift sein, sondern noch viel mehr des Inhalts wegen (Hirzel, der Dialog II, 55 ff.): er zeigt den Tacitus schwankend zwischen Rhetoren- und Dichterberuf; bei der Figur des Maternus schwebten ihm gewiss die Schatten der stoïsierenden Dichter unter Nero vor. Die Norm, dass Tacitus keine Lebenden erwähne, ist petitio principii.

64) Für den Gebrauch des Dualis ist das erwiesen von H. Schmidt, Breslauer philol. Abh. VI, 39 ff. 52; einzelnes Lexikalische s. Atticism. IV, 643. 655. 657. 666. 668. 671. 676.

65) Atticism. I, 83—86. 91 f. 95 f. 95 f. 99 f. 122 u. s.; IV, 685 ff.

66) Atticism. I, 73 f.

67) Für alles Einzelne verweise ich voraus auf meinen Artikel Dio Chr. in Pauly-Wissowas Encyklopädie.

68) Wie pessimistisch er über die von ihm gewünschte sittliche Wirkung seiner Reden denkt, s. Atticism. I, 75.

69) Phryn. p. 30 Lob.

70) So ist das Urteil des Polemon Philostr. vit. soph. 50, 6 ff. Kayser zu verstehen.

71) [Apoll. Tyan.] ep. 9; Philostr. vit. Ap. V, 40.

72) D. Chr. or. XLII, 4 f.; XLV, 1; XLVI, 7; XLVII, 1. 16; Arr. diss. Epict. III, 23, 17. 19.

73) Phot. cod. 209, womit vgl. Schol. Dio Chrys. (ed. Sonny, Anal. ad D. Chr. 95 ff.) XI, 68; XLVII, 13; XLIV, 7, 1.

74) Atticism. III, 346 ff. Die Lehre vom λόγος ἀφελής und πολιτικός, wie sie in Aristides' Rhetorik vorliegt, ist schon vorgebildet bei Panätius (sermo und contentio: Schmekel, Philos. d. mittl. Stoa 233).

75) Aristides (rhet. p. 537, 29 Sp.) fordert das sogar für den einfachen Stil.

76) Atticism. I, 71, 38; Phrynich. p. 271 Lobeck. Polemon ist eigentlich, wie ich ihn dargestellt habe (Atticism. I, 46 ff.), noch ganz Asianer (s. das bezeichnende Urteil des Dionysius v. Milet Philostr. vit. soph. p. 37, 25 und des Verus Fronto ep. 29 f. Naber). Die Stelle Procop. ep. 116 p. 578 Hercher, welche auch Norden (ant. Kunstpr. I, 368) in einer unmöglichen Form citiert (und aus dieser Form Schlüsse zieht ib. I, 389), ist zu lesen: ἢ τί δῆτα; τῶν μειρακίων · προκαθεζόμενος οἴει τι μέγα φρονεῖν Ἀριστείδου τοῦ πάνυ πρὸς ἔπαινον (d. h. meinst du Wunder was geleistet zu haben mit dem Lob auf Ar.), εἰ λέγοις, ὡς αὐτός (Atticism. II, 12), οὗ (so Hercher) Πολέμων (d. h. Ar., der Abgott des Libanios wie der Gazäer, und nicht Pol.) τῆς Ἀσιανῆς τερατείας

τὴν ἀρχαίαν ῥητορικὴν ἐκάθηρεν; aber, geht der Sinn weiter, wenn jetzt einer sich solcher Reinigung befleissigt, wie ich, so tadelst du.

77) Selbst Lucian, der doch nach gefälliger Darstellung ausgesprochenermassen (Prom. es in verbis 2 f.) strebt, bemüht sich (apol. extr., Harmonid.) nur (ausgenommen vielleicht mit dem Asin.) um den Beifall Weniger. — Wo der γραμματικός mithilft, hört die Volkstümlichkeit auf: zuerst in der Poësie der Alexandriner (C. Wachsmuth de Timone sillogr.² 18 ff.), nun auch in der Rhetorik.

78) Atticism. II, 10. Die bei Echtheitsuntersuchungen oft vergessene Thatsache, dass ein und derselbe Schriftsteller für verschiedene Gegenstände sich verschiedener Stilformen bedient, wird am besten illustriert durch die regelmässige Stildifferenz zwischen διάλεξις und μελέτη bei den Sophisten; diese Scheidung erstreckt sich hier bis auf sprachliche Einzelheiten: so gebraucht Choricius das poëtisch-ionische Pronomen οἱ nur in διαλέξεις, nie in längeren Reden.

79) Vgl. die schlagfertige Antwort des Philagros auf puristische Zumutungen Philostr. vit. soph. p. 84, 11 Kayser.

80) Atticism. I, 202, 16.

81) Suet. Vespas. 18.

82) Peter, Röm. Gesch. III⁴, 457. 488.

83) Iul. Capitolin. Ant. Pius 11, 3; Luc. Eunuch. 3.

84) Lamprid. Alex. Sev. 44, 4.

85) Von Juristen wurde fachliche Vorbildung, die allerdings lange vorher schon üblich war und im 4. Jahrh. dem sophistischen Unterricht Konkurrenz macht (z. B. Liban. T. I, 183, 21 ff.; 185, 21 ff.; 186, 11 ff.; 214, 2; III, 441, 23 ff.; 449 f.; 452, 9 ff.), erst unter Leo und Anastasius gesetzlich verlangt (Mitteis, Reichsrecht u. Volksrecht 200, 1). Die gazäischen Sophisten noch bilden Juristen (Choric. p. 14 Boiss.; Ind. lect. Vratisl. aest. 1891 p. 22, 21; Procop. Gaz. ep. 22. 41. 148), Mediziner (Procop. ep. 123) und christliche Theologen (Choric. p. 81. 109 Boiss.; Aen. Gaz. ep. 15; vgl. auch Marc. Diac. vit. Porphyr. p. 9, 2 ed. Bonn. und Choric. p. 109 Boiss.) aus.

86) Heiterkeit (Atticism. I, 29, 3; s. die Stelle des Synesius bei Norden l. l. I, 352; das ist ἄστειον: Ribbeck, Abh. der sächs. Ges. d. Wiss. X, 46), Sicherheit (Philostr. vit. soph. p. 2 Kayser) sind notwendige Eigenschaften des Sophisten. Der Erste von ihnen, der mit Bescheidenheit kokettierte, war Hippodromos' (Philostr. vit. soph. p. 116, 9 ff. K.).

87) Bei dieser Auffassung und der richtigen Würdigung von

Herodes Atticus' Rolle (Attic. I, 192 ff.) schwindet der Gegensatz, der thatsächlich über die Herkunft der zweiten Sophistik zwischen Kaibel und Rohde bestand; wie ohne sie Norden (ant. Kunstpr. I, 353 f.) von einer λογομαχία zwischen beiden reden konnte, verstehe ich nicht. — Der einzige Sophist, welcher in vollem Ernst die Form mit der Sache, den Klassizismus mit der sittlichen Tugend identifiziert, ist Aristides.

88) Auf die Abkehr der Sophistik vom realen Leben ist seit J. Burckhardt (Constantin ² 250 f.) mehrfach hingewiesen worden; am stärksten, spricht sich diese Richtung wohl aus bei Plin. ep. III, 1, 3.

89) Alle die signifikanten Erscheinungen des Neugriechischen — Schwinden des Duals, des Dativs, des Mediums, des Infinitivs, des Optativs, der Vielheit der Vergangenheitszeitformen, des einfach kasuellen Ausdrucks zu Gunsten der präpositionalen Umschreibung — sind damals schon im Werden begriffen, zum Teil schon weit vorgeschritten. Es ist höchst merkwürdig, wie vornehm in Sprache und Stil sich die gewöhnlichsten Privatinschriften der alten Zeit ausnehmen gegenüber der Verwilderung, die auf den Steinen sich seit dem 2. Jahrh. n. Chr. (in den Papyri freilich schon 400 Jahre früher) bemerklich macht: man sieht, wie jetzt Schichten der Bevölkerung zum Wort kommen, für welche in der alten Zeit das favete linguis gegolten hatte, und wie fern das niedere Volk der atticistischen Bewegung stand. Für die höheren Kreise, welche ihre Klassiker in der Schule zu allen Zeiten lasen, war ja die Wiedereinführung der alten Litteratursprache kein allzu gewaltsamer Schritt und jedenfalls nicht zu vergleichen etwa mit einer Wiedereinführung der Sprache der Minnesänger in unserer Zeit. Das ausgehende Altertum hatte nichts zu sagen, was man nicht in der Sprache der alten attischen Klassiker ebensogut, ja besser hätte ausdrücken können. Zunächst muss sich der attische Purismus auf die Schulübungen (μελέται) beschränkt haben.

90) Attic. I, 32.

91) In wiefern Lucian stilisiert hat, sagt er selbst Bis acc. 33: den Plato und die alte Komödie hat er mit Menippos kopuliert, welchen Varro im Allgemeinen (von römischer Vergröberung abgesehen) gewiss reiner darstellt. Dio ist der atticistische Erneuerer der cynischen Diatribe. Die Leistungen der Sophisten in der Poēsie (Attic. I, 214, 34; s. a. Aristid. XXIII, 463; das äolisierende Gedicht Heroïc. p. 213, 23 ff. Kayser scheint von Philostr. selbst zu sein; über sophistische Metamorphosenlittera-

tur s. Menand. de encom. p. 393, 3 Sp.; bei Himerios dient völlig poëtische Fassung mehrfach als rhetorischer Effekt, wie die Musik in unseren Dramen: Himer. or. I, 20 ff.; III, 1 ff.; IV, 8 ff.) verdienen keine Beachtung.

92) Attic. I, 400 ff. 415 ff. 430 ff.

93) Attic. III, 278 f. IV, 666 f. (in seiner ἀφέλεια bilden die Ingredienzien aus der alten Tragödie ein fremdartiges Element, ebenso die stoïsch-moralisierenden Zuthaten, über welche s. Attic. III, 8 ff.).

94) Attic. I, 38, 13, wo die Anzeichen der Antipathie gegen Rom bei Pausanias, welche Gurlitt über Paus. 33. 87 bemerkt hat, beizufügen sind. Unter den 464 Lemmata der Var. hist. des Römers Aelian sind nur 16, (in de nat. an. nur 14), die sich auf Römisches beziehen (F. Rudolph, de fontib. Aeliani 31). Zu [Apoll. Tyan.] ep. 71 bietet Aristid. or. XLIV, 843 Dind. eine Parallele, wo gelobt wird, dass sich in Rhodos lauter echt dorische Namen finden. Anzüglichkeiten gegen Rom vermutet Schol. Aristid. p. 19, 12; 20, 5 Dindf. auch in Aristides' Panathenaïcus.

95) Dass in diesen Reden die Sophistik in griechisch-nationalem Sinn gegen den philosophischen Kosmopolitismus protestiere, ist eine feine Bemerkung von J. Bernays, gesammelte Abhandlungen II, 363 f.

96) So ist der üppige Frühling der ἀγῶνες nach altgriechischer Art, der im 1. und 2. Jahrhundert n. Chr. rasch emporgediehen war, schon im 3. wieder abgewelkt (P. J. Meier in Pauly-Wissowas Realencykl. I, 860 ff.); noch viel kürzer war die Herrlichkeit von Hadrians Panhellenen (Mommsen, Röm. Gesch. V, 244); des Pausanias (X, 12 extr.) Hoffnung auf ein neues Erblühen des Orakelwesens ist nicht in Erfüllung gegangen; Plotin liess sich noch von Apollon Orakel geben (Porphyr. vit. Plotin. 22), aber die christlichen Kaiser wandten sich vom Orakelwesen ab (was Liban. T. III, 330, 17 auf seine Art komplimentierend begründet); im 4. Jahrh. ist es mit allen Orakeln aus (Nachweisungen bei Schömann, griech. Altert. II[3], 321 ff.), und selbst Iulian (adv. Christianos p. 197 Neumann) konnte sie nicht wieder erwecken (Choric. p. 27 Boiss.). Den Niedergang des im 2. Jahrh. neuerblühten altgriechischen Mysterienwesens vom 3. an konstatiert Foucart, Acad. des inscr. et belles lettres, Comptes rendus IV. sér. t. 22 (1892), 384; s. a. Schömann, gr. Altert. II[3], 400. Auch der Heroënkult, den Philostratus sich in seinem Heroïcus wieder anzuregen bemüht, hat sich wohl nur in einzelnen Ausläufern bis ins 4. Jahrh. gehalten (Rohde, Psyche II[2], 348 ff.).

97) Rhein. Mus. XLIX, 154.

98) Man vergleiche etwa die unbehilflichen Caesares des Iulian mit Lucians Menippea, oder die leeren Briefe des Prokopios von Gaza oder gar des Dionysius von Antiochia mit Alkiphrons, ja noch Libanius' Briefen.

99) Aristophanes verdankt seine Erhaltung ohne Zweifel nur der Reinheit seiner attischen Sprache, vor welcher alle moralischen (schon von Plutarch compar. Aristoph. et Menandri geäusserten) Bedenken wichen; ähnlich wohl Lucian, so sehr er den Sophisten (Philostratus erwähnt den Renegaten nicht) und Christen (Phot. cod. 128; Suid. s. v.) verhasst war. Menander hat, trotz Phrynichos' Eifer gegen ihn, doch seit Aristophanes v. Byzanz (Usener, DH. de imit. libror. rel. 138 A.) auch unter den Grammatikern und Sophisten seine Freunde behalten (E. Schwabe, Ael. Dionysii et Paus. atticist. fragm. 76 f.; Quintilians an Ciceros Urteil [Hirzel, Unters. zu Cic. philos. Schr. II, 371] anschliessende Bewunderung für ihn ist bekannt, ebenso die des Alkiphron; noch Choricius kennt ihn [Graux, Rev. de philol. I, 211. 228 ff.; Malchin de Choricii Gaz. stud. vet. script. 62 f.], und so ist die Hoffnung berechtigt, dass Aegypten uns ausser dem Bruchstück des Γεωργός noch Weiteres von ihm herausgeben werde).

100) de idolol. 10. Die wichtige, noch immer aktuelle (das zeigt das Buch von Chr. Daniel S. J. des études classiques dans la société chrétienne 1853) Frage nach der Stellung der Kirchenväter zur heidnischen Kultur harrt noch heute einer eindringenden Behandlung. Einiges giebt Kickh, die Ansichten der Kirchenschriftsteller der ersten Jahrhunderte über röm.-griech. Altert. u. klass. Studien. Wien 1863.

101) Dieser Gegensatz ist im weitesten Sinn meisterhaft dargelegt in dem auch für Philologen sehr wichtigen Buch von Edwin Hatch, the influence of greek ideas and usages upon the christian church 1891 (deutsche Uebers. von Preuschen).

102) Das Bewusstsein davon wird insbesondere jedem Besucher der Wiener Philologenversammlung 1893 vor die Seele getreten sein; es ist damals auch in Reden, insbesondere der von Uhlig (Verhandl. der 42. Philologenvers. 125 ff.) zum Ausdruck gekommen.

Advokatur und Sophistik 4.
ἀγῶνες 46⁹⁶.
Alexandrinische Kunst 8. 9 f. 11. 14.
Alexandrin. Wissenschaft 10.
Älian 27.
Antisemitisches 12.
Apollodor von Pergamon 15.
Apollonios v. Tyana 6.
Aristides, Älius 37¹. 45⁸⁷.
Aristophanes 47⁹⁹.
Asianismus 10. 12. 14. 18. 22 f.
Atticismus 10 ff.
Atticus 14.
Barbarisierung der griech. Kultur 9.
Cäcilius 15. 42⁶¹.
Christentum 31 ff.
Cicero 13 f.
Cynismus 20. 26.
Demosthenes 12. 14.
διάλεξις 44⁷⁸.
Dio Chrysostomus 19. 24. 26. 45⁹¹.
Dionysius von Halik. 15. 17.
Gazäer 33. 44⁸⁵.
Hermogenes 28 f.
Herodes Atitcus 22. 44⁸⁷.
Heroënkult 46⁹⁶.
Humanisten über Nachahmung 42⁵⁴.
Josephus, Sprache 42⁵⁸.
Judaismus und Hellenismus 10.
Juristische Vorbildung 44⁸⁵.
κοινή 16 f.
Kunst, bildende 29

[Longin.] περὶ ὕψους 17 f.
Lucian 1. 26. 44⁷⁷. 45⁹¹. 47⁹⁹.
μελέτη 44⁷⁸. 45⁸⁹.
Mithridates 41⁴⁶.
Menander 47⁹⁹.
Monodien 23.
Mysterien 46⁹⁶.
Nachahmung 15 f. 30.
Neugriechisch 45⁸⁹.
Orakel 46⁹⁶.
Pergamon 11.
Philo, Sprache 42⁵⁸.
Philosophie und Rhetorik 8. 28.
Plinius der Jüngere 19.
Plutarch, Sprache 42.
Poësie und Rhetorik 8.
Poësie der Sophisten 45⁹¹.
Procop. Gaz. ep. 116 43⁷⁶.
Prosa, poëtische 8.
Quintilian 19.
Renaissance 24.
Rhetorik, nationale Bedeutung 9.
Rhodos 11 f. 46⁹⁴.
Römerhass der Griechen 27. 46⁹⁴.
Römischer Klassizismus 13 ff. 18 f. 23 f.
σχολαστικός 38¹².
Seneca d. J. 19.
Sophistenname 4.
Stil, einfacher u. hoher 21 f. 29 f.
Tacitus Dialogus 19. 42⁶³.
Theodoros von Gadara 16.
Unterrichtswesen der Kaiserzeit 23 f.
Weltkultur des Kaiserreichs 23.